DITHYRAMBE

SUR LA MORT

De Lord Byron.

IMPRIMERIE DE CARPENTIER-MÉRICOURT,
Rue de Grenelle-Saint-Honoré, n. 59.

Dithyrambe

SUR LA MORT

DE LORD BYRON.

PAR ARMAND.

DÉDIÉ

A M. Casimir Delavigne,

Témoignage d'estime et d'admiration pour son caractère
et ses talens.

PARIS,

CHEZ LES MARCHANDS DE NOUVEAUTÉS.

1824.

Sir Thomas Moore, en Angleterre, M. Casimir Delavigne, en France, sont seuls dignes de chanter le génie, les vertus, la vie et la mort de Lord Byron; aussi l'auteur de ces vers ne leur eût pas fait voir le jour, s'il n'eût espéré que le public ne verrait, dans sa faible production, que le besoin de rendre hommage au génie dont la France s'honore en célébrant celui que la Grèce a perdu.

ARMAND.

Dithyrambe

SUR LA MORT

DE LORD BYRON.

—◆—

Silence, ô Grecs, cessez vos chants de gloire !
Commencez l'hymne des regrets ;
Laissez pour quelques jours reposer la victoire,
Changez vos lauriers en cyprès !
Couvrez de voiles noirs l'autel de la patrie,
Et, revêtus d'habits de deuil,

Rendez hommage aux vertus, au génie
Qu'enferme à jamais le cercueil.
Que le beffroi lugubre et vos chants de tristesse
Unissent désormais leur douloureux accord;
Sur vous, sur vos enfans, pleurez, fils de la Grèce,
Pleurez, Byron est mort!

Triomphez, ô tyrans! jouissez de nos larmes,
Aux pieds de vos faux dieux brûlez un lâche encens;
Frappés d'un coup affreux, les Grecs posent ces armes
Qui portaient la mort dans vos rangs:
Sortez de ces vaisseaux qui cachaient vos défaites;
Insultez à leur deuil, et l'airain de leur port
N'enverra plus gronder le trépas sur vos têtes:
Vivez, tyrans, Byron est mort!

Il est mort, ô douleur! accablante nouvelle!
D'où vient que mon esprit, contre toi révolté,
Rejette loin de lui la vérité cruelle,
Et ne peut croire à ta réalité?
Quoi! la mort, de concert avec la tyrannie,
Aurait brisé sa lyre et glacé son génie?

Ses lèvres aux beaux vers ne devraient plus s'ouvrir!

Non, Byron n'est pas mort.... il ne pouvait mourir,

Ou, s'il devait tomber, grande comme sa vie,

Une plus noble mort aurait fermé ses yeux ;

 Et pour sa nouvelle patrie,

 Son trépas serait glorieux.

La liberté l'eût vu, dans les champs de victoire,

 Périr en invoquant son nom ;

Ou, plus heureux, tomber en célébrant sa gloire

 Sous les voûtes du Parthénon !

 Mais une mort moins noble et moins utile

 De sa vie a tari le cours ;

Byron vient d'expirer comme expira Virgile,

 Et, comme lui, dans l'été de ses jours.

 On dirait que, dans sa colère,

La liberté proscrit, par un arrêt sévère,

 Ceux qui l'ont méconnue, et surtout Albion,

 Et ne veut pas qu'un fils de l'Angleterre

A l'œuvre de ses mains attache son grand nom !

Albion (1)! qu'ai-je dit? Non, cette île flétrie

Par le meurtre des Grecs et par tant de forfaits,

D'un homme généreux n'était pas la patrie :

Il était juste et grand.... il n'était plus Anglais!

Il avait dès long-temps renié l'Angleterre :

   Et Byron irrité,

  Dès qu'il la vit trahir la liberté,

   A renié l'Europe entière ;

   Et l'Europe l'a mérité.

« Je pars, avait-il dit ; adieu, terre cruelle;

 » Adieu, tyrans! peuples lâches, adieu!

» Je pars, je vais chercher une mère nouvelle;

 » Mais écoutez mon dernier vœu!

. . . .

. . . .

. . . .

. . . .

  » Parthénope, fut la demeure

(1) On parle ici de la patrie de Castlreagh et non de Robert Wilson. On parle du cabinet anglais, pour qui, selon M. de Jouy, *patriotisme* est synonyme de *haine aux rois et aux peuples.*

» Qu'en son exil choisit la liberté;

» Mais ses biénfaits, grâce à leur lâcheté,

» Ne furent pour ses fils que le rêve d'une heure !

» Eh bien ! puisqu'aujourd'hui, pour punir vos tyrans,

    » Votre fureur s'est affaiblie;

» Puisqu'il ne reste plus, pour venger l'Italie ,

» Que la foudre du ciel ou le feu des volcans !

» Que ce mont redouté, qui menace vos rives,

» Rassemble contre vous tous ses feux souterrains !

» Que, choisissant le jour où sur vos tours captives

» Vous irez adorer l'étendard des Germains,

» Il vomisse sur vous les torrens de sa lave !

» Que son feu, dans ses flancs trop long-temps retenu,

» Dévore, sur vos murs, le tyran et l'esclave,

    » Et le vainqueur et le vaincu !

» Vous tous, peuples d'Europe, au sein de l'esclavage

    » Traînez des jours à vous même odieux,

» Transmettez à vos fils ce honteux héritage;

» Qu'il passe de leurs mains à vos derniers neveux :

» Voilà votre avenir, et voilà mes adieux !

» Et toi, peuple à demi sauvage,

» Qui renais à la gloire après un long sommeil,

» Je viens contempler ton réveil ;

» Je viens à ta valeur ajouter mon courage.

» Vos fils, ô Grecs, sont mes concitoyens ;

» Les beaux-arts sont enfans d'Athènes :

» Je suis fils d'Apollon, et vos dieux sont les miens.

» J'apporte parmi vous un bras libre de chaînes,

» Ma gloire, ma vertu, ma fortune et mon nom.

» Recevez-moi, nobles Hellènes,

» Recevez-moi, je suis Byron. »

Il dit, et son vaisseau déjà touche à la plage,

Grondent en son honneur mille bouches d'airain ;

Les flots respectueux s'ouvrent à son passage....

Byron paraît, un myrte est dans sa main ;

La majesté brille sur son visage,

Avec transport il foule ce rivage

Que depuis si long-temps saluaient ses regards.

Soudain, du haut de ses remparts

Un peuple entier s'élance et l'environne....

De son laurier la Grèce le couronne....

Salut, Byron.... salut, fils d'Apollon!

Ce cri perce les airs, il vole sur sa trace,

L'onde murmure au loin, salut, ô grand Byron!

Et les vieux échos du Parnasse,

Tout à coup réveillés, ont répété son nom!!

Quel changement, ô ciel! et pourquoi ce silence?

Pourquoi ces crêpes, ces flambeaux?

Ce cortége guerrier qui tristement s'avance?

Ce voile noir qui pend à ses drapeaux?

D'où vient que ce vaisseau, que l'on a vu naguère

S'enorgueillir de son poids glorieux,

Loin de la rive solitaire,

Traverse lentement les flots silencieux?

Quel est ce corps, voilé d'un linceul funéraire,

Qu'il va porter sans doute auprès de ses aïeux?

Byron est mort.... ô Grecs, versez des larmes!

Mais est-ce bien des pleurs qu'exige son trépas?

Non! citoyens, prenez les armes!

Entonnez l'hymne des combats!

C'est dans l'excès de leur courage

Que doivent se montrer les regrets des soldats;

Quand aux Persans vaincus ils portaient le carnage,

Vos aïeux autrefois pleuraient Léonidas.

Que dans leurs murs les Musulmans pâlissent!

Que leurs terreurs à vos yeux les trahissent!

Que leurs remparts s'écroulent devant vous!

Que vos vaisseaux, de leurs vaisseaux jaloux,

Au fond des mers les engloutissent!

Que vos tyrans, fuyant en vain vos coups,

Chancellent, tombent et périssent!

Marchez, courez, frappez! restez vainqueurs!

Et sur Byron, alors, vous verserez des pleurs.

Alors, ô Grecs, il faudra que, pour rendre

Un digne hommage à sa vertu,

Athène avec ses arts renaisse de sa cendre,

Et relève son front trop long-temps abattu.

Rendez-lui sa gloire flétrie,

Fondez un nouveau Panthéon,
Et sur l'autel de la patrie
Déposez le cœur de Byron !

FIN.